Blanche Neige
et les Sept Nains

hachette
JEUNESSE

Il était une fois, dans un lointain royaume, une Reine si orgueilleuse, et si fière de sa beauté, qu'elle ne pouvait supporter l'idée que quelqu'un puisse la surpasser. Chaque jour, elle interrogeait son miroir magique :
« Miroir au mur, qui a beauté parfaite et pure ?
– Tu es la plus belle de toutes, Majesté ! » répondait le miroir.

A collaboré à cet ouvrage : Véronique de Naurois pour le texte.

Cela durait depuis des années. Or, voici qu'un jour,
le miroir magique ose lui déclarer :
« Ta beauté est célèbre, Majesté, pourtant
une jeune fille au teint pâle, simplement vêtue
de haillons, est encore plus belle que toi ! »
Aussitôt, le visage de la Reine se fige ;
elle vient de reconnaître
Blanche-Neige, sa belle-fille !

Bien des années auparavant la mère de Blanche-Neige est morte en lui donnant le jour, et depuis la disparition du Roi, son père, la jeune Princesse vit dans les cuisines du château. La Reine l'y emploie comme servante, l'obligeant à accomplir les tâches les plus rudes. Cependant, rien ne parvient à altérer sa joie de vivre et sa bonne humeur…

Blanche-Neige travaille tout le jour en chantant pour
ses amis, les oiseaux. Ce matin-là, tandis qu'elle tire
de l'eau au puits pour laver la cour, un bel
inconnu, charmé par sa voix mélodieuse,
franchit le mur d'enceinte. Il s'approche
afin de lui parler, mais dès qu'elle l'aperçoit,
elle prend peur et s'enfuit.

De sa fenêtre, la Reine a tout vu ! Furieuse, elle convoque aussitôt son garde-chasse.
« Conduis Blanche-Neige au plus profond de la forêt et tue-la ! » ordonne-t-elle.
Le serviteur est horrifié. Il voudrait protester, mais la Reine l'interrompt :
« Rapporte-moi son cœur dans ce coffret ! Si tu échoues, tu mourras ! »

Le lendemain, la mort dans l'âme, le garde-chasse emmène Blanche-Neige. La jeune fille est si heureuse de s'éloigner du château ! Aux abords d'une clairière, un oisillon égaré attire son attention. Elle le prend délicatement dans sa main, lui murmure des mots doux. Elle va lui rendre sa liberté lorsque l'homme surgit derrière elle.

Le garde-chasse brandit un poignard ; il en menace Blanche-
Neige. Cependant, à l'instant de frapper, son bras faiblit.
Il lâche son arme et tombe à genoux aux pieds
de la Princesse épouvantée.
« Pardonnez-moi, gémit-il. La Reine, jalouse de votre beauté,
m'a ordonné de vous tuer. Vite ! Sauvez-vous ! Allez vous
cacher, et ne revenez jamais ! »

Blanche-Neige s'éloigne et s'enfonce au cœur de la forêt.
La nuit venue, épuisée, transie, elle s'allonge sur le sol et
s'endort. Le lendemain matin, un concert d'oiseaux la réveille.
Une multitude de petits animaux se pressent autour d'elle :
des lapins, des écureuils, des faons, des papillons...
« Je suis perdue, leur dit-elle. Savez-vous où je pourrais
trouver un abri ? »

Guidée par une joyeuse escorte,
Blanche-Neige reprend son chemin
à travers la forêt. Derrière un bosquet,
cachée par une haie de noisetiers, elle
découvre une clairière ensoleillée.
Au milieu, se dresse une chaumière…
« Oh, comme c'est joli ! s'exclame-t-elle.
On dirait une maison de poupée ! »

Blanche-Neige s'approche de la maisonnette. Elle frappe à la porte, puis, comme personne ne lui répond, elle entre.
Le spectacle qu'elle découvre à l'intérieur est incroyable ! Tout est en désordre, et couvert de poussière. « Les gens qui vivent ici sont peu soigneux ! confie-t-elle à ses amis. Si nous faisions un peu de ménage ? »

Pendant ce temps, à l'autre bout de la forêt,
les Sept Nains travaillent dur au fond
d'une mine de diamants.
À coups de pioche, ils extraient les pierres
précieuses. Prof, leur chef, les trie avec entrain.
« Bon travail, les enfants ! annonce-t-il, satisfait.
Il est l'heure de rentrer, maintenant ! »

Épuisés par leur journée, les Sept Nains ramassent en hâte
leurs outils et, à la queue leu leu, traversent la forêt.
Prof marche en tête en tenant la lanterne. Derrière lui,
se succèdent Grincheux, Joyeux, Dormeur, Atchoum,
Timide et, enfin, Simplet qui ferme le cortège.
« Ého, ého, on rentre du boulot ! » chantent-ils à tue-tête.

Dans la chaumière, Blanche-Neige a terminé son grand nettoyage. Elle se sent tout à coup très fatiguée.
Elle allume une chandelle et monte l'escalier qui mène à la chambre, où se trouvent sept petits lits. Un nom est gravé sur chacun d'eux :
« Simplet, Atchoum, Joyeux, Prof… quels drôles de noms pour des enfants ! » remarque-t-elle en riant.
Puis, cédant à son envie de dormir, elle s'allonge et s'assoupit bien vite.

Un peu plus tard, les Nains
arrivent à la chaumière.
« Regardez ! s'écrie Prof.
La porte est ouverte
et la cheminée fume ! »
Sur la pointe des pieds, les
Nains pénètrent à l'intérieur.
Prof lève sa lanterne…
Personne ! Pourtant, quelque
chose a changé…
« Oh ! On a balayé le plancher !
remarque Joyeux.
– On a nettoyé les carreaux
et lavé la vaisselle ! ajoute
Timide.
– La pièce tout entière est
propre ! » constate Prof.

Les Nains ne se sentent pas rassurés quand un
bruit leur parvient de la chambre. Prof monte
en premier. Il pousse la porte. La petite
troupe va se précipiter sur l'intrus et
l'assommer, lorsque, soudain, éclairée par la
lanterne, Blanche-Neige leur apparaît. Prof
laisse échapper un cri.
« Qu'est-ce que c'est ? demande Joyeux.
– C'est une jeune fille ! répond Prof.
– Elle est belle… comme tout. On dirait…
un… ange ! » balbutie Timide.

« Un ange ? Tu parles ! Ce n'est
qu'une fille ! proteste Grincheux.
Et toutes les filles sont des poisons !
– Chut ! Tu vas la réveiller ! » chuchote Prof.
Grincheux ne veut rien entendre. Il s'emporte si
bruyamment que la jeune fille ouvre les yeux.
Les Sept Nains s'accroupissent aussitôt derrière
le lit. Seules leurs figures dépassent.
Blanche-Neige les aperçoit et leur sourit.
« Oh !… s'étonne-t-elle, mais vous êtes de petits
hommes ! Bonjour ! Je suis enchantée, messieurs ! »

Blanche-Neige se présente, puis, les observant tour à tour, elle s'écrie :
« Surtout, ne me dites pas votre nom !… Laissez-moi deviner !… Toi, tu es Prof ! Et toi, Timide ! Et voilà Dormeur ! Puis, Atchoum ! Et toi, tu dois être Joyeux ! Et lui, c'est Simplet ! Enfin, toi, tu es sûrement Grincheux ! »

Les présentations terminées, Blanche-Neige raconte ses
malheurs à ses nouveaux compagnons… Les Sept Nains
sont si bouleversés qu'ils décident de la garder auprès d'eux.
« Je ferai la lessive, le ménage et la cuisine !… D'ailleurs,
n'est-ce pas l'heure de dîner ? » ajoute-t-elle en se dirigeant
vers la cheminée où chauffe un chaudron de soupe…

38

Alléchés par la bonne odeur, les Nains se bousculent pour passer à table. Mais Blanche-Neige les rappelle à l'ordre : « Avez-vous vu vos mains ? Allez tout de suite les laver ou vous n'aurez rien à manger ! »
Les petits bonshommes obéissent aussitôt, pour lui faire plaisir. Seul, Grincheux reste à l'écart, les bras croisés.
« Ah, les filles ! » ronchonne-t-il.

Au même moment, la Reine interroge à nouveau son miroir :
« Miroir magique, qui est la plus belle de toutes ?
– Loin dans la forêt, dans le logis des Sept Nains, demeure
Blanche-Neige. C'est elle qui est la plus belle ! »
La Reine comprend alors que le garde-chasse lui a menti :
Blanche-Neige est toujours en vie.

Folle de rage, la Reine dévale l'escalier
qui conduit dans les caves du château.
Là, dans le repaire secret où elle garde
ses livres de magie, ses philtres et ses
poisons, elle trouvera le moyen de
faire disparaître à jamais sa rivale !

Sous l'œil attentif de son corbeau, la Reine prépare la plus horrible des mixtures :

« De la poussière de momie pour me vieillir… Un caquet de vieille mégère pour casser ma voix… Un hurlement d'effroi pour blanchir mes cheveux… Enfin, du noir de nuit pour changer ma tenue ! Voilà ! À présent, que le charme s'exerce ! »

Et, d'un trait, elle avale le breuvage.

La transformation est si atroce
que le corbeau, affolé, se cache
dans un crâne. Sa maîtresse se
métamorphose en une affreuse
vieille femme au nez crochu et à
la bouche édentée. Ses mains se
tordent. Ses ongles deviennent
des griffes. Un ricanement
lugubre s'échappe de sa gorge :
« Ha, ha, ha ! Et maintenant,
préparons un délicieux poison
pour Blanche-Neige… »

Le dîner à peine terminé, les Sept
Nains décident de fêter l'arrivée
de Blanche-Neige. Timide se met
à l'accordéon, Dormeur
à la flûte… Même Grincheux
s'installe à l'orgue ! Simplet
grimpe sur les épaules de son frère
Atchoum et invite la Princesse
à danser…

Dans son repaire, la Reine, transformée en sorcière, accomplit son œuvre maléfique. Elle plonge une pomme dans un chaudron et la retire, quelques secondes plus tard, couverte de poison fumant.

« Quand Blanche-Neige mordra dedans, grince-t-elle, son sang se glacera, son souffle s'arrêtera, elle s'endormira pour toujours… Alors, je serai de nouveau la plus belle ! »

À la tombée de la nuit, profitant de la brume, la sorcière
quitte le château par un passage secret.
Glissant silencieusement dans sa barque, elle franchit
la rivière, aborde de l'autre côté, puis s'engage dans
la forêt à la recherche de la chaumière où se trouve
la jeune fille…

À l'aube, les Sept Nains
partent travailler à la mine.
Un par un, ils passent devant
Blanche-Neige pour recevoir
un baiser. Grincheux se présente
en dernier :
« Surtout, faites très attention,
Princesse, recommande-t-il.
Ne laissez entrer personne !
La Reine est très rusée,
elle est capable de tout ! »

54

Embusquée derrière un arbre, la sorcière
regarde les Sept Nains qui s'éloignent.
« La voie est enfin libre ! murmure-t-elle.
À présent, cette petite oie de Blanche-Neige
va recevoir la visite d'une pauvre
marchande de pommes… »

Blanche-Neige sursaute, effrayée, lorsqu'elle
aperçoit le visage de la vieille femme par la fenêtre.
« Tu prépares des tartes, mon enfant ? demande l'horrible
créature. De bonnes tartes, avec de belles pommes comme
celle-ci, je suppose ? Veux-tu en goûter une ? »
Et, allongeant le bras, elle tend à la jeune fille le fruit
qu'elle lui destinait.

Aux aguets, les animaux ont assisté à la scène. Sentant le danger, ils se précipitent sur la sorcière. Blanche-Neige ne comprend pas cette soudaine attaque. Elle ouvre sa porte et fait entrer la vieille femme dans la maison pour la protéger. « Asseyez-vous un instant, propose Blanche-Neige. Je vais vous donner un peu d'eau fraîche. »

Après avoir bu et s'être reposée, la sorcière
esquisse un sourire grimaçant.
« Merci, mon enfant, dit-elle. Puisque tu as été
bonne pour moi, laisse-moi t'offrir le plus beau
de mes fruits ! »
Derrière la fenêtre, les animaux, épouvantés,
voient la vieille femme tendre à nouveau
la pomme à Blanche-Neige…
À vive allure, ils s'élancent dans
la forêt pour prévenir
les Sept Nains…

Blanche-Neige prend la pomme. Elle la porte à sa bouche,
mais à l'instant où elle va la croquer, elle hésite.
« N'aie pas peur, mon enfant ! l'encourage la sorcière.
Ce n'est pas une pomme ordinaire, elle peut exaucer
les vœux ! Un seul morceau et tes rêves les plus chers
se réaliseront ! »
Blanche-Neige fait vite un souhait et mord dans le fruit.

L'effet est foudroyant. Le cœur
de Blanche-Neige cesse de battre,
sa respiration s'arrête, son sang
se glace dans ses veines.
Elle pousse un faible cri et
s'effondre sur le sol, sans vie.
La sorcière, alors, glapit,
triomphante :
« Ha, ha, ha, ha ! Ça y est !
Je suis de nouveau la plus belle
du royaume ! »

Alors que la sorcière s'éloigne,
les Sept Nains, accompagnés par
les animaux de la forêt, débouchent
dans la clairière. Ils la voient s'enfuir
et se lancent à sa poursuite.
À califourchon sur un cerf,
Grincheux est en tête…
« Ne la laissons pas s'échapper !
Vite ! Rattrapons-la ! » crie-t-il
à ses compagnons.

À cet instant précis l'orage éclate et la pluie tombe
avec force. Courant à toutes jambes, la sorcière gravit
un pic rocheux… Arrivée au sommet, tout essoufflée,
elle remarque les Nains qui, déjà, s'approchent…
Elle glisse une branche sous une énorme pierre, et, pesant
de tout son poids, va la faire basculer.
« Attention ! » prévient Grincheux, qui a vu la manœuvre.

Les Nains, paniqués, cherchent à se
disperser. Au-dessus d'eux, la sorcière
les menace :
« Je vais vous écraser ! Je vais vous
broyer les os ! »
Elle rassemble ses forces et s'appuie
sur la branche. Soudain, la foudre
s'abat sur le rocher qui vole en éclats.
Déséquilibrée, la vieille femme
bascule dans le précipice…

C'est un triste spectacle que les Sept Nains
découvrent en rentrant chez eux : Blanche-
Neige, leur jolie Princesse, gît sur le sol,
inanimée. À côté d'elle, se trouve
la pomme qui l'a empoisonnée.
Le cœur brisé, ils transportent leur amie
au milieu de la clairière et la déposent
dans un cercueil orné de fleurs.
Au matin, tandis qu'ils veillent
à son chevet, un jeune Prince vient
à passer…

Le Prince reconnaît aussitôt la jeune fille qui l'avait charmé, tandis qu'elle chantait dans la cour du château. Depuis ce jour, éperdu d'amour, il n'a cessé de la chercher dans tout le royaume. Plein de tristesse, il se penche tendrement vers elle et dépose un baiser d'adieu sur ses lèvres glacées…
En accomplissant ce geste, le jeune homme ne sait pas qu'il va rompre le maléfice de la Reine…

Blanche-Neige ouvre alors les yeux. Elle découvre le Prince
et lui sourit. Elle sait déjà qu'elle va l'aimer…
Il la prend dans ses bras, et la porte jusqu'à son cheval, pour
l'emmener dans son château. Un avenir radieux les attend…
Les Sept Nains se réjouissent de ce bonheur nouveau.
Grincheux lui-même déclare que c'est le plus beau jour
de sa vie !

Blanche-Neige promet à ses amis de les inviter à son maria-
ge. Ce n'est donc qu'un au revoir.
« À bientôt, mes amis ! »

Et c'est ainsi qu'elle partit avec le Prince Charmant vers
un nouveau royaume, où ils vécurent heureux et eurent
beaucoup d'enfants !

Imprimé en France par Pollina - n° L51151
Dépôt légal octobre 2009
Édition 01 - ISBN 978-2-01-463408.2
Loi n° 49-956 du 16 juillet 1949
sur les publications destinées à la jeunesse